KB140428

빨랫줄에 걸터앉아
명상 중입니다

작가마을 시인선 61

빨랫줄에 걸터앉아 명상 중입니다

© 2023 정선영

초판인쇄 | 2023년 11월 15일
초판발행 | 2023년 11월 20일

지 은 이 | 정선영
펴 낸 이 | 배재경
펴 낸 곳 | 도서출판 작가마을
등   록 | 제 2002-000012호
주   소 | 부산광역시 중구 대청로 141번길 15-1 대륙빌딩 301호
         서울시 도봉구 도당로 82(방학1동, 방학사진관 3층)
         T. 051)248-4145, 2598   F. 051)248-0723   E. seepoet@hanmail.net

ISBN 979-11-5606-240-0   03810   정가 10,000원

※ 본 도서는 2023년 한국예술인복지재단의 창작디딤돌사업을 지원받았습니다.

ㅅㅅ/ 한국예술인복지재단

작가마을 시인선 61

빨랫줄에 걸터앉아
명상 중입니다

정선영 시집

 도서출판
작가마을

떠오르기 위해

두 팔을 펼친다

높은 곳에서 내려다보면

모든 것은 그 얼마나 작은 존재인지

빗물에 휩쓸린 기억들이

하나 둘 떠오른다

어둠을 더듬다 닿는

순간들이 던지는 물음들에

귀를 기울인다.

차례 — 정선영 시집

작
가
마
을
시
인
선
❻❶

제2부

제3부

제4부

제5부

해설

제1부

당신의 등에

밤새
당신의 등에 꽃이 핀다
살을 찢고 장기臟器와 뼈를 친친 감고 자란 뿌리
발끝에서 정수리까지 뻗는다

죽음의 대지에 뿌리내린
땀에 흠뻑 젖은 검붉은 장미

창밖 모과나무 사이 칠월 달빛 부서지고
당신의 숨소리에 귀 기울이는 귀뚜라미
밤새워 운다

당신은 안으로 가시를 돋우고 돌아눕는다
찰랑거리며 범람하는 어둠

당신의 등에서 떨리는 꽃송이들
미세한 바람이 불고 더운 비가 내렸다

당신의 등에서
꽃이 진다.

흰 철쭉

찢어 흩뿌린 러브레터
떨어져 뒹구는 꽃잎들

봄 한 철 진한 사연
연 사흘 내리는 비에 젖어
후줄근하다

짜디짠 눈물
달콤하던 맹세는
정수리에 내리꽂히고

꼬리 내린 고양이 한 마리
흰 철쭉 떨어져 뒹구는
가로수 사이로
비틀거리며 사라진다.

뭐 먹고 살았지?

그동안 뭐 먹고 살았냐는 물음에
"나이 먹고 살았지."라는 당신

죽은 자는 나이를 먹지 않으니
산다는 것은 나이를 배불리 먹는 일
살아 있어야 인생이라고
나이가 든다는 것은
그동안 잘 먹고 잘살았다는 말

목구멍으로 삼킨 아득한 시간들
어둠 속에서 뭉쳤다 흩어지면
몸이라는 별 하나
나이를 버리고 몸을 버리고

노을이 서성이는 하늘가
기러기 한 무리
생의 비의秘義를 그려 놓고
시간의 기류를 타고 날아간다.

왕관

왼쪽 어금니에 왕관을 썼다
금간 이에 씌우는 것이 크라운이라니
함박웃음을 지으며
입속 깊은 곳 날카로운 이빨로
불편한 것들을 질경질경 씹는다

날고 기는 권력도
단단한 옹고집도
왕관을 쓴 이빨 앞에서 무력하다
오른쪽 아래위는 아예
통째로 갈았다
천하무적이다.

물고기 알람

잠든 물 깨우려 힘껏 튀어 오른 물고기

온 몸을 던져 물의 잠을 깨우는데

물은 물의 몸에 갇혀 긴 동면에 든 듯

동심원에 갇혀 깨어날 줄 모른다

물고기는 계속 튀어 오르고

물은 몸을 둥글게 굴려 모로 돌아눕는다.

아름다운 무덤

당신을 만나기 위해 꿈에 접속한다
토막 난 기억의 잔상 뒤
바람이 대기 중이다

잡생각을 스킵한다
당신은 화면 속 당신과 만나
수줍게 웃으며 창문을 두드린다

산을 붉게 물들인 진달래
꽃다발을 내게 건넨다

저승에 가서도
날 위해 기도한다던 당신은
환한 꽃 무덤 하나 지었다

나는 나를 스킵한다.

멍 때리다

빨랫줄에 걸터앉아 명상 중입니다
팽팽한 팔다리 힘 빼고
목에서 떼어낸 머리에 바람 넣는 중이고요

멋대로 날뛰는 생각
사막에 풀어놓고
몽글몽글 구름 의자에 앉아 내려다봐요

머릿속이 하얘지고
내가 누군지 잊어요
문득 하늘 보니 너무 맑아 아찔해요

마음이 마음을 떠나요

뼈 없는 몸이 흘러가요.

배경

부끄러워 나서지 못했습니다
쭈뼛쭈뼛 서성였습니다
스쳐 가는 사람들은 모두 빛나는 별이었습니다

아무도 눈길 주지 않아 숨도 쉬지 않고 있었습니다
안개는 비밀의 투망을 던졌습니다
당신의 눈빛에 흔들렸습니다

막 깨어난 모든 것들의 첫 향기를 맡으며
햇빛 찬란한 사람들 뒤에서 흘러갑니다

노을이 너울대는 저물녘
기다림이라는 올가미에 걸린 나는
당신들의 의식 밖 프레임입니다

찬란한 꿈들이 원경으로 흘러갑니다

당신들의 눈에 조명되지 못한
나는
초점에서 벗어난 바탕화면입니다.

그릇

흙으로 빚은 나무로 깎은 사기로 만든 유리에 바람 넣은
양은으로 만든 스텐으로 만든 놋쇠로 만든 불에 구운
뿔로 만든 플라스틱으로 찍은

한 번 쓰고 버려지는
생채기가 나면 유행이 지나면
납작한 오목한 길쭉한 둥근 네모난
더는 것 담는 것 뜨는 것
깨진 것 금간 것 쭈그러진 것
물 새는 이 빠진 소리 없는 소리 지르는
썩지 않는 불타지 않는 녹지 않는
박살 나는 던져도 깨지지 않는
흙으로 돌아가는

종지기 대접 양푼 접시 수반 도자기 화병 술잔 막사발
재질 모양 색 빛 이름 말 생각
오물 조물

당신은 어떤 그릇을 빚는 중입니까?

나무 시인

구멍 난 가슴으로 비바람이 흘러간다
관절통으로 붉어진 자리마다 상처가 깊다

몸을 열지 않으면 알 수 없는 사연
온몸에 그려 놓은 무늬가 첩첩이다

긁히고 부러지고 벌레에 갉아 먹혀도
갈기갈기 울음을 안으로 삭인다

푸른 가슴에 깃든 새들의 속삭임과 숨결을
품어 바람의 이름으로 시 한 줄 쓴다

오래 묵은 중심으로
고요가 앉아 있다.

커피포트

포트가 속앓이를 한다
부글부글 끓는 속내는
제 뜻이 아니겠지만 뒤집어지고 말 것 같다

딸깍,
긴장 푸는 소리
분노도 정점에 이르면 터지거나 멈추는 것

설정된 센서에 반항하면
밑바닥이 까맣게 타버릴 것이다
안으로부터 끓어오르는 화
드러내지 않을 만큼만
자로 대고 그을 수 없는
삶

아픔과 상처가 뜨겁게 끓는다.

무엇이었을까

초록 물방울들이 모여 결계結界 친다

지느러미와 부레가 사라진 것이
퇴화일 수도 있다는 생각에 물속으로 잠기는 꿈을 꾼다
하루 2리터의 물을 마셔도 지느러미는 돋지 않았고
몸에서 마른 비늘이 진눈깨비처럼 흩날렸다

퇴화된 비늘과 지느러미, 부레를 그린다
뻑뻑한 동공에 살균된 액체를 떨어뜨리며 생각했다

바다에 이르러 발가락이 소금물에 닿으면,
두 팔을 활짝 펼치면 돛이 될 수 있을까
심장에 바람을 가득 채우면 둥둥 떠오를 수 있을까

나의 전생이 물고기였을지도
눈먼 생물이었을지도 모른다
너무 투명해서 물인지 생명체인지 구별되지 않는
눈동자조차 투명해 분별되지 않는
오직 감각만으로 움직이고 나아가는
물이 내가 되고 내가 물이 되는

사람의 몸 70%가 물이라는데

나는 물에서 태어난 것이 맞을 것이다
저 초록의 결계를 풀기 위해
온몸을 던져 뛰어들면
막막한 도시를 떠나 인어가 될 수 있을까.

그럴 생각은 아니었는데

보도블럭 사이 민들레
밟으려던 것은 아니었는데

씁쓸한 블랙커피를
좋아한 것은 아니었는데

추적추적 어깨를 적시는
비를 맞으려던 것은 아니었는데

발끝에 굴러온 빈 캔을
힘껏 걷어차려던 것은 아니었는데

이유 없이
내가 내게 욕을 퍼붓는 그런 날

딱히 그럴 생각은 없었는데
단지 주변을 배회하고 싶었을 뿐인데.

소화되지 못한 말

질겅질겅 씹다가 삼켜버린
아작아작 씹다가 넘겨버린
오물오물 씹다가 꿀꺽해버린

이와 이 사이에 낀 참깨이거나
매운 고춧가루 알갱이거나
채 씹히지 못한 나물 찌꺼기거나

당신의 눈빛과 말들이
목구멍으로 넘어가지 못하고
머뭇거리며 걸려 있는데

맑은 물로 입을 헹궈도
골똘하게 애를 써도 다 읽어낼 수 없는
미처 씹히지 않고 행간에 걸터앉은 말들

당신이 차마 하지 않은
내가 제대로 듣지 못한 말들이
가슴에 똬리 틀고 앉아 뒤척이네.

도려내고 싶다

청바지 찢어진 곳을
손톱으로 긁다가 생각한다
몸에 난 상처를 보면 왜 자꾸 긁고 싶어지지

어둑한 몸 앙칼진 핏빛 가시
상처를 긁어 꾸덕꾸덕한 딱지를 떼면
미처 아물지 못한 붉은 구멍에서
찐득하고 잔인한 치욕이 끓어오르는데

한 번도 베인 적 없는 무결無缺을
상처 없는 삶을 꿈꾸는 것은 죄일까
상처는 자꾸 눈길을 끌어당긴다

찢어진 청바지 구멍에 손가락을 밀어 넣고
상처를 더 크게 벌린다
확 찢어져버릴까

칼로 도려내고 싶은 한 시절이었다.

제2부

불안

어둠은 칠흑 같은 입을 벌리고
나를 씹어 먹을 듯 검은 목젖을 날름거렸지
불은 켜지지 않고
아직 당신은 돌아오지 않고

가면을 쓰고 망토를 휘날리는 바람
창문을 끝없이 흔들어 대고
당신은 오지 않는데
방구석에 몰려
베개를 꼭 끌어안고 나는 울고 있는데

밖엔 눈이 내리고
연탄은 하얗게 질려 있고
시간은 천년같이 늘어지고
바람은 여전히 문고리를 잡아당기고

세월은 오십이 년이나 흘렀고
시절의 어둠은 이미 사라졌고
당신은 영영 돌아오지 않고.

자장가

당신 무릎을 베고 누우면 햇살이 온다
전생 어느 한 시절
꿈이었을지도 모를

흐르다 멈춘 물방울
얼음 속에 갇힌 나뭇잎
박제된 잎은 겨울을 기억하지 못하고

온몸 흔들며 수런거리는 나뭇잎들
말을 쏟아내고 있다
얼었던 푸른 말들이 출렁인다

빽빽하게 밀려오는
철썩이는 초록의 말들이 하얗게 부서진다
이파리 속 잠든 새와 벌레를 깨우는 말들

가만가만 토닥이는 손길에 돌아누우면
귓가에 들려오는 노래
몇 생을 떠돌며 나를 찾는 당신의 목소리.

미리 보다

찰랑거리는 바람을 당겨
그늘을 헤엄쳐
가는 저 여자
살이 녹아내려
가시로 남아 투명하네

더 빠질 물기도
숨 쉴
아가미도 없는
날개 단 물고기 한 마리
햇빛을 건너가고

내일을 모르듯
안간힘으로 살았고
고기 한 덩이만큼의
죄의 무게를 달았다

시에, 시가 있어
살아냈다
타다 만 뼈 하나
남았다.

불면의 날들

하늘을 태우는 노을이, 바다를 끓이는 노을이, 깊은 물 속으로 당신을 끌고 들어간다. 당신의 심장은 용암처럼 흐르다가 치직 풀죽은 소리를 내며 차갑게 식어 굳어 간다.

비 내린 뒤 환한 햇살. 오른팔 왼팔 날개를 펼쳐, 이쪽 시작과 저쪽 시작을 잡아본다. 이쪽 끝인지 저쪽 끝인지 시작과 끝이 어디인지 모호하다. 몸을 둥글게 말아 동그라미를 만들어 본다. 물기 빠진 관절들이 후두둑 바스러진다.

무지개를 희망이라 말하지 않는다. 비 온 후의 하늘에 걸쳐진 다양한 색의 빨랫줄 보이지 않는 목숨들을 걸어 올리는 낚싯줄 같다. 누우면 귓가에 다가와 찰랑이는 말들의 파도가 시끄러워 잠들지 못한다.

아침이 오는

블랙을 밀고 오르는 짙푸른
검푸른 물결을 밀어내는 노랑 파도
연노랑에 붉은색을 휘휘 뒤섞는 주황의 힘줄
칙칙한 잠들을 깨우는 찬연한 빛들의 수런거림
아침이 오는 하늘에서 눈뜨는 색들의 환호

예감처럼 퍼지는 빛
지상의 불빛들이 깜박깜박
문이 열리고 한 컵의 물이 목젖을 적신다

숨죽여 골목을 돌아 나가는 어둠
둔탁한 청소차 바퀴 소리
골목을 누비는 부지런한 발자국
쓰레기 봉지를 모으는 장갑 낀 손

새들은 목소리를 가다듬고
비상을 위한 날개를 점검한다
아침을 흔들어 깨우는 바람
찬란한 하루의 시작이다.

지금 준비 중입니다

아주 느리게 시작되는 이야기
발목을 덮고 있던 시든 잎 걷어내고
엉성하게 뻗은 가지들을 쳐냅니다
썩은 뿌리의 기억은 지웠습니다
아픔도 묵으니 고색창연합니다
소식 뜸했던 인연들에 안부 전합니다
한 번이라도 더 보고 싶습니다
오늘을 모르고 내일은 더욱 모릅니다
동구 밖에 혼자 서서 기다리는 나무가 되어 갑니다
지금부터 정리 중입니다
더는 미룰 수 없는 이야기들을 천천히
비우는 중입니다
단풍나무는 질펀하게 피를 쏟아 놓고
곧 면벽에 들어갈 것입니다
계절을 건너가는 몸이 잔기침합니다
적응의 시간은 점점 길어지고
바닥이 깊어질수록 디딜 곳을 찾지 못해 허우적입니다
아침은 이르게 오고
잠의 늪 감각이 굳어 가고 있습니다.

유효기간이 지난 생각

찰나를 잡으려고 손을 뻗는데 손가락을 물고 날아가는 모기 한 마리 손가락에 잡힌 것은 부푼 간지러움. 모든 것은 찰나에 시작됐다. 태어난 것도, 선택하는 것도, 죽는 것도, 그럼에도 신중했다고 했다. 거짓말. 나의 부주의를 들키고 싶지 않아서, 어리석음을 남발하고 싶지 않아서, 기회였다고 말했다. 찰나는 늘 나를 물고 달아났다. 눈앞에서 날아다니며 정신 사납게 하는 날파리나 하루살이같이 획~! 스쳐 가는 미물 같은 것이 찰나였고 기회라는 착각을 했다. 기회도 찰나도 받을 수 있는 자에게만 유용한 것. 허공을 날며 목덜미를 노리는 모기를 향해 획~ 팔을 휘둘러 손을 펴보지만 아무 것도 없는 빈손, 그것이 인생이다.

수분의 날들

촉촉하다 꿉꿉하다 축축하다
몇 날 며칠 내리는 비
방 안 가득 습기들 와글거린다
뿌리부터 젖었다면 한 뼘은 자랐을 것이다
밖으로부터 꿉꿉해지는, 눅눅해지는
껍질을 벗기는 미세한 힘이 물컹거린다
천천히 곰팡이꽃이 번진다
벽의 모서리와 천장의 틈새
반지하 방은 물먹은 하마다
찰방찰방 검은 강을 건너는 당신
뼈 없는 옷들이 물기를 뚝뚝 흘린다
팔 없는 소매가 풀썩 가라앉는다
아스팔트 고인 빗물 속으로
둥근 발들이 굴러간다
길이 늘어진다.

끓는다

밑으로부터 천천히 끌어 올린다. 아픈 기억들 하나둘 퍼 올려 슬픔으로 가득 차오르면 울음을 토해낸다. (솟구치는 것들) 바닥에서 몽글몽글 거품이 인다. 소나기 한바탕 쏟아지면 마른 가슴 촉촉 젖어 잠든 눈을 깨울 것이다. 뾰족한 물음을 꺾어 꽃 한 송이 피우면 푸른 향기의 파장이 펼쳐진다. 오로라가 핀다.

투명

일회용 랩 같지 않은, 속이 다 들여다보이는 맑은 유리 같지 않은, 그런 당신이 좋다. 조금 모를 것 같은, 밤안개 어깨너머 어둠이라서 좋아, 불투명한 유리창 앞에 서성이며 뭘까? 뭐지? 저 어른거리는 알 듯 말 듯 모호한 그림자. 마음을 다 열지 않는 당신을 의심해. 한참을 망설이다 선심 쓰듯 대답하는 그 신중함. 답답하거나 애닳게 해도 속이 들여다보이지 않아 좋아, 당신이 투명해지지 않아서 좋아, 당신이 투명해지면 난 당신을 버릴 거야, 반짝반짝 빛나는 쇼윈도 속. 당신의 비릿한 속살 당신의 소장 대장 심장들이 다 보이면 엽기적일 것 같아, 그러니 당신 명명백백하지 마. 철저히 당신의 가면을 밀착시켜 가면과 민낯이 하나가 돼야 해. 가면이 민낯인지 민낯이 가면인지 밝혀지면 끝장이야. 세상은 당신의 비밀을 빨아대고 성장하지. 흡혈귀같이 쪽쪽 모세혈관까지. 난 당신을 들여다보고 싶지 않아 당신의 비밀 따위 관심 없어, 철저히 감춰야 해. 어디든 감시의 눈이 있거든 당신의 비밀과 음모를 겹겹으로 감싸고 화장은 더욱 두텁게, 내 사랑하는 당신 죽어도 투명하지 마.

섣부르다

섣부른 날씨가 서성인다. 섣부른 구름이 섣부른 달을 가리고

섣부른 물방울 하나 맺힌다. 섣부른 아이 하나 태어나고, 섣부른 소년이 섣부른 청년이 섣부른 꿈을 꾸다가 섣부른 장년이, 섣부른 중년이, 섣부른 노인이 되어 섣부르게 죽는다. 섣부른 세상, 섣부른 인생, 섣부르게 간다.

수족관처럼

방안이 투명하다. 맑은 물이 천장까지 차올랐다. 손을 문 안으로 집어넣자 물이 찰랑거렸다. 몸은 젖지 않았고, 물고기처럼 숨을 쉬고 잠을 잤다. 우주에 떠 있는 기분. 촉촉한 잠. 집 밖으로 나와 집을 들여다본다. 투명한 방안. 물이 가득하다. 깨끗하게 씻긴 집과 투명한 방안. 물고기였을까. 물 밖의 나는 걷고 있다. 물의 길을 읽는다. 맑고 푸른 물의 언덕. 수초들. 바다의 말들이 웅성거린다.

날렵하게 날름거리는 간교한 집착. 잠시도 쉬지 않고 날갯짓하는 식욕. 잘 차려진 밥상 앞에서 참을 수 없는 욕망. 꾸역꾸역 식욕을 삼킨다. 집을 삼켜버릴 듯 날름거리는 무골 물고기 붉은 칼날이다. 불가사리다. 놓지 않는 물의 손. 한 발 뗄 때마다 미궁으로 끌려간다. 당신의 눈물은 짜고 끈적인다. 늪이었다. 질척이는 연민이 빚어내는 고무줄. 늘어났다가 당겼다가 퉁퉁 불어 터진. 물이 다 마를 때까지 놓지 못하는 질기고도 들쩍지근한 미련이었다.

울먹

농담이라기엔 너무 가볍고
진담이라기엔 너무 무거워 웃픈

목젖에 걸린 눈먼 그렁그렁 물고기
쏟아질 것 같은 눈물 밥 먹는다
입 안에서 물고기 한 마리 자란다

눈동자 너머로 흐르는 강물이 싱거워
장아찌를 잘근잘근 씹으면
강철 젓가락도 녹이 슨다

쇳소리와 강물 소리가 돌을 굴리며
시지프의 신화를 끌고 가다가 되돌아오고
식탁 위 어둠 속으로 그레고리안 성가는
아우라로 흐른다

농담 같은 세상에서 진담으로 살기엔 호흡이 짧아
지느러미를 펼치고 강으로 간다

어제와 오늘 내일이 몸 비비면
강물에 발 씻고
그 강물에 밥 말아 먹는다.

어떤 사람에겐

어긋나는 것이 인생이라고, 인간을 조종하고 싶은 악마는 날개 잃은 천사였다지. 파우스트는 영혼을 팔아서라도 글을 쓰고 싶었다는데, 앉은 자리가 마음까지는 바꿀 수 없었다지. 날개를 잃고 추락한 세상에서 권력은 입김에도 흔들리는 인간의 마음을 사는 방법. 느끼한 멘트를 날려서는 안 돼, 갑자기 지루해지는 공기를 쫙쫙 찢어버리고 신나게 굴려봐. 떼구르르 벌떼처럼 달려들 거야, 박수부대도 동원해 봐 곧 죽어도 고고씽~ 앞으로 직진.

누가 안개꽃을 여자에게 선물 하나. 시대에 뒤떨어진 사랑법 따윈 아무도 거들떠보지 않아. 세상은 세상 밖을 향해 질주하는데 아직도 그늘에 앉아 어제의 꿈길을 더듬고 있는 당신을 파우스트라 부르자. 어디선가 틈을 엿보고 있던 날개 잃은 천사가 슬며시 다가온다. 쉿! 우리 거래할까. "너의 늙은 심장을 내게 줘, 난 네게 싱싱한 검은콩을 줄게" 달콤하다. 빛보다는 은밀함이 더 섹시해. 모든 것 다 주고 싶어, 심장과 영혼까지 모락모락 바칠게.

농담弄談 같은 삶을 살고 싶었다. 농담이라기엔 깃털처럼 가벼워 농담農淡으로 삶을 그린다 말했다. 꼬투리를 찾을 수 없는 엉킨 실뭉치 같은 생, 농담 같은 시를 쓰고 싶다. 슬며시 웃음 물고 세상 비웃으면 약간 높이 떠오른 듯 흰 구름같이 뭉게뭉게 떠오를 거야. 인생이 코미디 같다는 누군가의 말에 심각하게 짜부라지던 내 얼굴이 활짝 핀 해바라기가 되던 날 알아버렸다. 눈물보다 아픈 것이 웃음이라는 걸. 진창에 발목 잡혀 발바닥 껍질이 부르틀 때쯤 탈출을 꿈꾸었다. 수렁으로 끌고 가려는 아귀 손 떼어내는 일은 목숨을 걸어야 하는 것. 살기 위해 버려야 하는 것들.

* 농담(農淡) : 색채나 명암 따위의 짙고 옅은 정도

지루하다

 지루함을 견디는 것이 지루하다 지루함이 삶이라는 것을 모르는 척한다. 지루함이 영원이라면 영원을 탈출한 영혼들은 어디로 갔을까 세계가 어항 속이라면 어항 밖으로 날아간 물고기들은 새가 되었을 것이다 지루함이 목마른 시간을 난도질하면, 짓찧으면 우울의 안주가 될 것이다 하루가 지루하고 사는 일이 지루하고 가만히 있는 것도 일하는 것도 지루해 졸린다. 눕는다. 잔다. 꿈도 지루하다 꿈도 없는 꿈속에서 다시 올 내일이 지루하다 지루함의 선을 넘어간 사람들은 평화로운가? 지루함을 견디는 사람들은 위대한가?

 생에 대한 질문 가득한 날, 새벽달은 구름을 찍어 문자를 쓰고 있다
 미처 읽기도 전에 말씀이 흘렀다.

제3부

종달새

내 심장을 잘게 조각내 새들에게 한 점씩 주고 싶었다. 두근두근 설레는, 뜨거워 부푼 심장, 분홍으로 물든, 콩콩 뛰는, 오랜 방랑의 시간을 지나 내 심장을 나눠주고 싶다는 생각을 버렸다. 내 작은 심장 하나로는 새들을 다 먹일 수가 없음을 알게 된 후, 한 마리 다정한 새에게만 내 심장을 통째로 내놓았다. 너 하나라도 배불리 마음껏 쪼아 먹으라고. 내 가슴에 새 한 마리를 키운다. 내 붉은 심장으로 아름다워지는 나의 종달새.

개구리밥

흘러갑니다
뿌리내리지 못해
물결에 떠밀린 것인지
스스로 흘러가는 것인지는 중요하지 않습니다

어디에도 마음 둘 곳을 몰라
떠돌기도 했고
그 무엇에 떠밀리기도 했습니다

그러다 문득 강기슭에 다다르고 보니
끊임없이 내가 나를 떠밀고
어디에도 뿌리를 내리지 않았다는 것을 알았습니다

모이지 못하고 흩어지는
손으로 떠 올리면 손가락 사이로 빠져나가는
남몰래 피었다 지는 허무의 밥

나를 싣고 가는 물결 따라 흐르고 흘러온
나는 부평초*입니다.

* 부평초 : 개구리밥

징후

잠이 오다가 길이 막혔나 도무지 올 기미가 안 보인다. 며칠째 내 잠을 수거해가는 무의식의 공간, 낡은 버스가 콧김을 뿜으며 걷듯이 달린다. 도착지는 멀었는데 아랫배는 천둥소리를 내며 뒤틀린다. 덜컹덜컹 어둠의 굽이 굽이 넘는다. 종점은 보이지 않고 길은 끝이 없다. 곧 터질 것 같은 울음을 움켜쥐고 정차 버튼을 누르려는데 빨간 눈을 가진 독사 한 마리 똬리를 틀고 버튼을 휘감고 있다.

사월의 침묵

꽁꽁 싸맨 비닐을 뜯어내고 그 얼굴을 보고 싶었어. 네 얼굴에 쓰인 침묵의 글자를 들춰보고 싶었어. 복수인지 허망인지 알 수 없이 짓이겨진. 엉겨 붙은 욕망의 잔해인지. 외로워, 외로워 비명을 삼키고 끈적이는 인연의 끈을 싹둑 잘라 검은 아가리 붉은 혓바닥 위로 던진 그 냉소. 뭉그러진 코, 눈, 입, 귀를 만지고 싶어. 주물럭주물럭 반죽처럼 치대다가 젖은 벽에 휙 집어 던져 붙여 보고 싶어. 인형을 만들어 후 숨을 불어 넣고 싶어 내 숨의 절반을 불어 넣으면 너와 내가 함께 춤출 수 있을까.

나무토막 같은 다리뼈가 검은 강을 겅중겅중 건너간다. 물컹한 시간이 절벅이며 끌려간다. 냉동고 속에서 꽃피는 사월이 동결되고 있다.

켜

슬픔은 몇억 광년을 거슬러 가야 하나
맞닿을 수 없는 막막한 거리
빛처럼, 물처럼, 어둠처럼
하염없이 가이없는 그 무한을
온갖 빛깔의 눈물을 머금은 웃음과
이마에 새겨진 시간의 강물
머리카락 휘날리는 바람의 냉소
회한을 덮는 낡고 무거운 구름의 외투
쓸쓸함을 가슴 깊이 눌러 쌓아 지층이 되어버린
낮은 음색의 울음과 잦아드는 비명의 날카로운 날(刃)들
눌리고 눌린 억눌림의 지층들
잃어버린 나날들의 검은 침묵
부패하고 얼어붙은 피로가 쌓여가는 동공
눈꺼풀 겹겹 광활한 우주를 떠도는 영혼
켜켜이 쌓인 그리움에
마지막 숨을 놓아버린.

그래서 뭐 어쩌라고

신은 인간에게 인식이라는 선물이면서 저주를 주었다.

당신은
그래서 뭐 어쨌다고
삶을 준들, 죽음을 준들

더우면 에어컨을 켜고
추우면 보일러를 틀고
배고프면 먹고, 졸리면 잔다.

신이 세상을 만들고
세상을 지우면
그래 그러시라고 그래

나 당신과 마주 보고 먹고 마시고
졸리면 자고 눈 뜨면 깨고
그것으로 족해
됐어

질문을 한다고 답을 찾는 것이 아니다. 인간은 생각하
는 동물로 태어났고, 생각을 멈추는 순간 무로 돌아간다.
신은 인간에게 사유의 능력을 주면서 한 가지 주문을 걸어 놓았다. 생각을 멈추는 순간 깊이를 알 수 없는 심연으로 가라앉을 것이라는 징벌적 주문. (이것이 내가 너희에게 준 선물인 동시에 벌이라 물음을 던지되 답은 구하지 말라)

당신은 "나라면 그 심연을 뛰어넘기 위해 시를 쓰겠다." 라고 했다.

열돔

참 따끈하기도 하지
맥주 한 잔도 안 될 소나기 퍼부어 놓고
뚜껑 닫으신다
냄비 바닥이 탈까 또 한 컵
알맞게 쪄져서 부들부들해질 때까지
쉿 바람을 잠재우고
참 요리도 간단하게 잘하시지
기름기 쫙 빼고
잘 익은 여름 한 접시 푸짐하게
소스는 간장, 마늘, 레몬즙으로
콕 찍어서 드실 참이지
반주는
헛된 꿈으로 담근 迷妄酒

*

 한 번도 같은 구름이 없듯 같은 인생은 없다 누구도 같은 생을 살지 않는다 누구나 최초의 인간*이다 의도치 않게 태어났으니 삶이 무엇인지 오롯이 홀로 찾아야 한다

*

 따뜻한 물보라를 맞으며 걸었다
 한쪽에선 빛으로 팔랑거리는 잎들이 바다로 가고
 저 눈부신 은비늘이 뒤집힐 때마다
 쏟아지는 물은 점점 뜨거워지고 나는 잘 익어간다

불꽃같은 눈물 뚝뚝 떨어지고 더운 구름 흐른다
흐물거렸고 부드럽게 녹아내렸다.

* 최초의 인간 : 알베르 카뮈의 '최초의 인간'

무너지는 것들 1

반갑게 받은 전화가 마지막인 줄 모르고
카톡 문자가 부고인 줄 모르고
목소리는 잠기고 언어는 출구를 찾지 못해 숨이 막힌다
나와는 거리가 먼, 내 생활 밖, 내 사고의 영역 너머인
줄 알았다
나이가 든다는 것은 인연들을 하나둘 보내는 일
그렇게 길들여져 가며 굳어가는 심장
길을 걸어도 방향을 모르겠다 늘 걷던 길에 서서 왜 여
기 있는지
온몸에 힘 빠지는 시간들이 쌓이고 쌓이면 바위처럼 단
단해질까

알 것 같으면서도 알 수 없는 마음
어디로 흐를지 어찌 짐작할 수 있을까
누구나 품고 있을 울컥이는
알 것 같기도
모를 것 같기도 해 지새우는 밤
만남이 꿈이었다고, 이제 꿈 깨는 중이라고
깨고 나니 허망한 잠의 세계, 꿈은 잊으라고 깨라고
등 두드려 주는 당신도 꿈이었다고

바람아 흔들지 마라

바닥에 바싹 엎드려서라도 견디리라
네가 휘청이게 해도
나무 둥치를 끌어안고 흙을 움켜쥐고서라도
흔들리지 않으리라 넘어지지 않으리라.

상추를 털다

일기를 태운 재를 상추밭에 뿌린다
더는 남을 것도 기록할 것도 없을 것이라고
허기진 듯 먹어 치우던 어둠의 글자들

재가 된 이십 년, 문자의 죽음엔 향기가 없다
다 타지 못하고 오그라든 비닐은
일그러진 얼굴로 허망함을 증언했다

화려한 춤사위로 잎을 펼치는 꽃상추
흐르는 물에 씻는다
뚝뚝 떨어지는 물방울을 탈탈 털면
찢어진 기호들의 파편들이 수북하다

슬픔이 많으면 물러 버리고
가슴 뜨거우면 타버리는 무골 식물
한 생을 고스란히 쌈 싸 먹을 생각이었는데
순간도 쌀 수 없게 돼 버렸다.

담즙

흔들린 콜라처럼 뚜껑을 튕겨버릴까
내부에 압축하고 있던 가스를 확 분출해버릴까
보글보글 끓다가 후루룩 넘쳐버릴까
락스로 모든 색들을 확 탈색해버릴까.

* 멜랑콜리 : 어원으로는 'melas' 검은 'chole' 담즙이라는 뜻. 고대 그리스의 히
포크라테스 당시 인간의 몸은 4가지 체액 즉 혈액(공기), 점액(물), 노란 담즙
(불), 검은 담즙(흙)으로 이뤄져 있고(4체액설) 이들이 균형을 이룰 때 건강하
다고 했다. 4체액 가운데 검은 담즙에 의한 특정 체질, 기분상태를 나타내는
말이 멜랑콜리였고, 이후 우울한 기분 상태를 뜻하는 말이 되었다.

덫

　사랑해야 해서 사랑했다. 지키려고 했었다. 치미는 욕
지기를 웃음 뒤에 감추고 하회탈을 썼다. 가면도 오래 덮
어쓰다 보면 진짜 얼굴과 가짜 얼굴이 하나가 된다. 틈새
가 벌어지지 않게 경계를 교묘하게 접합시켜야 한다. 언
제든 바늘 끝이 헤집을 수 있으므로, 비와 폭풍을 몰고
오기 위해 파란 하늘은 늘 구름을 품고 있다.

　하늘을 보지 않기로 했다. 어떤 죽음은 꽃도 향도 없다.
구구함도 미적대는 여지도 주지 않겠다고 문을 닫아버
린. 무덤이 어디냐고 묻지 않기로 했다. 이 찬란한 꽃의
계절에 꽃잎 밟으며 떠났을, '잔인한 사월'은 수없이 반복
되고 있다. 창을 닫은 지 일 년. 무지개를 읽지 않기로 했
다. 구름에 마음 얹지 않기로 했다. 별에게 안부 묻지 않
기로 했다. 달을 기다리지 않는다. 마음을 닫지 않으면
가슴 속 면도날이 춤을 춘다. 온몸으로 살아내려다 번번
이 죽었다 깼다. 이해는 하나 용서하지 않기로 한다.

채식주의자

순두부를 퍼먹는다. 씹을 것도 없이 넘겨버릴 수 있는 물 같은 건더기. 속이 가득 차면 불안하다. 소화가 안 되면 소화제 대신 변비약을 먹는다. 속엣것 다 비워야 들어오는 말들. 당신의 메시지를 받아 깻잎에 싸 먹는다. 기름기 없는 상상의 청량함이 풋풋하다. 허기로 찾아오는 고요. 식은 커피 속에 당신의 눈동자가 떠 있다. 가만히 들여다보다 호로록 마신다. 당신의 눈동자가 내 심장에 들어앉아 내 안의 상처를 부드럽게 감싼다. 피가 멎는다.

고래인 줄 아나봐

　룰루랄라 춤추며 바다로 간다. 파랑 구름이 출렁이고 노랑 파도가 철썩이는 지하도를 지나 펄쩍펄쩍 튀어 오르는 검은 바퀴를 지나 분홍 나비가 팔랑팔랑 날아가는 거리를 지나 국립 바닷가. 구불구불 밀려가는 거품 계단을 오르는 거야. 빙글빙글 돌아가는 바람개비가 물보라를 일으키지. 꼬리로 트위스트를 추는 분홍 고래가 젤리처럼 말랑한 물방울을 자꾸 낳아. 거친 파도를 건너뛰는 당신은 노래하는 고래잡이. 왼쪽 눈 감았다가 오른쪽 눈을 감았다가 손목에 힘을 줬다가 뺐다가. 꼬리가 흔들흔들 눈알이 팽이처럼 핑핑 돌아. 초록 물결 위로 힘껏 솟구치는 분홍 고래를 운전하는 당신.

해제된 봄봄봄

　손바닥으로 햇볕을 받는다. 햇볕을 빗물처럼 받는 일. 손금을 따라 따뜻한 온기가 흐른다. 핏줄 속으로 스며든다. 태양열 한 움큼을 훔쳐 겨드랑이로 감춘다. 뒤란 항아리 속에서 몰래 익어 가는 풋감 냄새가 난다. 올 풀린 나른한 봄이다. 터지는 꽃망울들의 싱그러운 비명. 마스크 속으로 달려드는 라일락 향기에 코가 꿰였다. 매화가 넋을 빼앗아 가지에 걸었다. 우르르 몰려다니는 향기들의 질주. 사랑스러운 악동들이다. 움츠렸던 어깨를 두드리는 바람의 손이 친절하다.

터져버릴까

　시간에 금이 갔다. 깨진 시간. 더 이상 안전하지 않아. 갇혀있던 불안이 튀어나와 날아다닌다. 시간과 시간 사이 문이 열리는. 이 세계에서 우리가 향하는 세계 어딘지 모를 그곳으로 향하는 통로로 들어갈 수 있는 틈. 더 이상 존재하지 않은 자들이 남긴 흔적들. 사라짐의 얼룩. 지금 그 자리는 오래전 내가 알던 그곳이 아니다. 볼링 핀처럼 쓰러지는 밤. 머릿속을 휘젓고 가는 바람이 축축했다. 생각이 굳어 화산석이 됐다. 둥둥 떠가는 바람의 돌 아무도 태울 수 없는 배. 눈꺼풀이 무거웠다. 침묵하는 화산 아래 갇혔다. 아득한 깊이 끝 모를 심연의 동공이다.

제4부

연착延着

　곧 비가 오겠습니다. 바람 불고 구름 많습니다. 당신의 목소리가 그물에 걸려 연착 중입니다. 오늘 안으로 빠져나오려나 모르겠습니다. 엉킨 구름 속에 갇힌 당신이 안 보입니다. 궁금함보다는 걱정이 앞섭니다. 네트워크에 갇힌 당신의 마음이 출구를 찾지 못할까 봐 불안이 잔뜩 끼어 뚫어지게 캄캄합니다. 잠든 핸드폰을 들여다보며 문밖에 귀 기울입니다. 한 줌 내 마음이 흩어집니다. 잇따르는 미세먼지 알람이 내포하는 것은 외출 금지입니다. 현관문 밖은 경고가 난무하는 세계. 함부로 당신을 마중 나가다가는 덫에 걸릴 수 있습니다. 아직 비는 오지 않고 우산을 들고 갈까 망설이던 아침이 문밖에 서 있습니다.

지하철에서

유려한 문장으로 치장한 얼굴들
메타의 세계 속으로 침몰하고 있다

가상의 연인들 주문하는 것은
영혼 없는 공허한 동공

눈 코 입술을 다 주고 복제한다
몸매는 매력적인 핏으로 조각한다
상상을 넘어선 옷으로 코디해 준다

믿을 것은 가상의 피라미드
쌓고 쌓다 보면 언젠가 닿을 수 있을 거야
무너지는 현실은 만족할 수 없는 별
메타별에 화려한 성을 지을 거야

우리는 서로 바라보지 않기로 하지
그래야 살아낼 수 있으므로
상처받지 않을 수 있으므로
메타의 세계로 달려가는 거지

불안을 숨긴 채
꿈속의 꿈을 펼쳐 현실이라고 믿어야 해

숨 쉴 수 없는 여기는 지구별을 달리는
하데스* 행 은하철도.

* 하데스 : 죽음의 세계. 스틱스라는 강물로 현세와 격리되어 있고, 카론이라는
사공이 죽은 자를 그곳으로 건네다 주는데 그 입구에는 케르베로스라는 사나
운 개가 지키면서 죽은 자가 다시 현세로 돌아가는 것을 막고 있다고 한다.(표
준국어대사전)

생각의 껍질

말할 수 없는 것에 대해 말할 수 없음에 침묵하는 밤
더할 수 없는 것을 더하고 뺄 수 없는 것을 빼는 끝없는
질문과 반박, 시간과 시간 사이에 갇혀 죽어 가는 밤.

아무 말도 하지 않기 누구에게도 알리지 않기 아무도 모
르게 꾸는 꿈
생각은 오래되어 딱딱하게 굳어버렸습니다. 발설되어
서는 안 될 비밀 문 걸어 잠그고 똘똘 뭉쳐 장기들을 하
나하나 집어삼키며 세勢를 부풀리고 있습니다 마지막 한
방을 노리듯 폭발할 어느 날을 기다리며 지금도 부글부
글 끓고 있는 활화산입니다.

나무의 새순을 꺾어 꺾꽂이 하듯 나를 꺾어 흙에 꽂으
면 이 땅 어디라도 뿌리내릴 수 있을까

구름 속에 성을 짓고 살면 젖을까 포근할까 때론 덥기
도 하겠지만 참 아늑할 거야. 무한 증식하는 자아들이 서
로를 밀치며 앞서 달려간다. 처음이자 마지막인 모든 것
들인 것. 늘 새롭고 새로웠다. 여기서 저 끝까지. 자라는
생명들. 꿈으로 이어지는 이 세계는 한 자루의 양초와 불
타지 않는 불. 끓지 않는 수프. 굳지 않는 빵. 흐르지 않
는 물과 젖지 않는 비. 잡히지 않는 바람과 빛나지 않는
빛 그리고 뭉치지 않는 구름이다.

조금 늦게, 조금 빠르게

종일 달고 다니던 불편 쏟아낸 뒤
조금은 허기지고 속 시원한 가벼움

홍조 띤 얼굴이 좋은 날이라고
시니컬한 얼굴로 서성인다

바스락거리던 가을 길을 잃고
철없는 꽃들 방황한다

시절이 혼란스럽다
동백 무덤에 피 흥건하다

늦가을 꽃들이 배시시 웃으며
나뭇가지 끝에 나비처럼 앉았다

살짝 비틀린 틈을 비집고
겨울보다 먼저 온 봄 얼굴이 빨갛다
계절이 고장났다.

동백

첩첩 어둠에 싸인 달빛
가는 숨 쉬듯 꽃잎 열었더니
바람의 날이 모가지 뎅강 자르네

피멍 맺히듯 아프게
뜨거운 가슴 열더니
간당간당 송이째 떨어지네

쉽게 피는 꽃 없다지만
짧은 겨울 햇볕에
저리도 힘들게 꽃잎 여는데

다 열지 못한 송이들
꽃 무덤 만드네
붉은 잔 가득 이슬이 찰랑이네.

뿌리의 傳言

땅 위로 슬금슬금 기어 나와
무작정 산길 걷는 발목을 낚는다

비틀리고 뒤틀려 기묘한 그림을 그리는 뿌리
땅속 흙의 말을 적고 있다

긴 겨울 출렁다리를 건너온 뿌리의 강의를 듣는다

언어 저 너머에 놓인 것을 해독하기 위해서 멈춘다.

달리는 사람들

 저 회색 하늘은 무엇을 숨기려고 연막을 치는 걸까
 들여다봐도 알 수 없는 하늘의 속내 무수히 던지는 말들이 날아가 어둠에 꽂혀 별인 듯 반짝이는데 유령인지 그림자인지 바람도 가세하고 구름도 슬쩍 걸치고 철새도 나뭇가지 물고 이 가지 저 가지 사이 방황하는데 해의 눈은 기름 낀 숭어 눈이다 축축한 물기가 연민처럼 허공을 떠돌아 내일의 날씨를 은폐한다. 기상청 예보도 모호하다 확실한 것은 아무것도 없다고 참고만 하라고, 쏟아지는 유성을 믿어야 하나 말아야 하나 어디로 떨어질지도 모르는 불확실성. 가늠하며 달리는 다리가 접질린다. 어쩌다 운석이라도 발견하면 다행. 기대는 기대일 뿐 미세먼지 속에서 마스크를 쓰고 안경알 닦는다.

검은 새

물방울을 튀기면 눈송이가 된다. 나는 너의 길 위에 슬픔의 알갱이를 튀겨 뿌린다. 희디흰 슬픔의 꽃잎에 발자국 꾹꾹 찍힌다.

나는 너를 기억하며 검은 물이 되어 흘러간다. 네가 닿는 그곳이 적막한 심연이라면 나의 슬픔은 그 심연의 어둠이 되어 너를 감싸 잠들게 하리라.

추억도 인연도 기억하지 않는 완전한 잠 네가 너인 줄을 모르는 어둠이 되어 세상에 나고 죽는 일 없는 무로 돌아가라 없었으므로 있지도 않았던 것 같이

보일러 연통 끝자락에 콧물처럼 매달린 물방울들이 튀겨진다. 처마 자락에 매달린 투명한 고드름이 날개를 짜는 밤.

바람은 밤새 물을 퍼 날렸다. 오래된 방에서 고슴도치 같은 기침 소리가 튕겨진다.
뭉쳤던 물방울 몸을 펴고 라일락 가지에 앉는다.

나뭇가지에 걸린 투명한 검은 새 비상 중이다.

대청소

 냉장고를 비우고 설거지를 하고 음식물 쓰레기를 버리고 사진들을 불태우고 화분을 치우고 어항의 물을 비우고 텔레비전을 치우고 폰 번호를 바꾸고.

 지금까지 알아 온 얼굴들과 이미 세상에 없는 얼굴들. 너무 멀리 있어 과거가 되어버린 날들. 나 또한 지나간 시간이 되리라. 창밖에 빛나는 별 차갑게 둥근 달 한낱 꿈의 잔상들이여 알 수 없는 이유로 흐르는 눈물 터지는 웃음.

 시간을 접어 서랍에 착착 포개어 놓았다. 잘 개켜진 낡은 수건들. 검은 재를 몰고 가는 어둠. 숨죽인 바람이 술잔 속에서 튀어 오르는 물방울을 마신다. 두 손을 가지런히 접어 배꼽을 덮는다. 한 겹 허물을 벗는 중이다.

 이 세계에서 저 세계로 가는 길이 거칠고 험하다 해도 빛 뒤의 그림자가 되어 가리라 눈도 코도 귀도 없다 산 것도 죽은 것도 아닌 형상 없는 어둠 닫힌 문 앞에서 천천히 갈아입은 수의 누운 자리 붉은 꽃잎이 핀다.

 또르르 말린 기억이 숨죽인다. 살금살금 밀려오는 냄새도 색도 없는 무색무취의 파도에 몸을 싣는다. 늘어지는 지느러미 아가미 가득 차오르는 어둠의 물결. 달빛이 흐려진다.

너의 선택이 너의 운명이다. 오랜 불면이 끝나고 있다.

잠기다 부서지다

나무의 복숭아뼈가 물에 잠기고 부식되어 바스러진 기억들이 이끼처럼 자라고 있다. 모든 것들은 시간이 흐른 뒤에서야 선명해진다. 잘려 나간 기억이 하나둘 모여 제 모양을 갖추기 시작하면 회색 파도가 범람한다. 절벅절벅 끌려오는 슬픔이 안개 속에서 흐릿하게 형체를 드러낸다. 갈피를 잡지 못하고 머릿속에서 떠돌던 기억들 스멀스멀 떠오른다. 뒤통수치는 인생. 늘 혼란스러운 옷자락을 휘날리며 두 눈을 가릴 때 훅 치고 들어오는 바람에 숨이 막힌다. 기억이 떠올라 부유한다. 잊고 있었던 상처가 다시 선명해지고 떠난 이의 영혼처럼 보라색 노을이 떠오른다. 가파른 비탈을 굴러가는 모난 돌 같은 날들이었다. 생각은 짧았고 행위는 어리석었다. 우리가 젊다는 인식조차 하지 못했던 시절들 비탈에 던져진 돌처럼 어딘가에 부딪혀서라도 멈추고 싶었던 날들이었다. 밤을 홀짝거리면 검은 눈물이 고였다. 찌꺼기로 쌓인 자국은 씻어도 지워지지 않았고 강요된 삶의 증인으로 남았다. 나의 밤은 한없이 늘어지는 고무줄이다.

세상 모든 것이

당신일 수 없는데 당신 같은

당신이 좋아하던 제비꽃이라든가 동백
좋아하던 음식, 좋아하던 색, 즐겨 찾던 장소, 즐겨 읽
던 책
혹은 낡은 바지와 구부정한 어깨
이마에 구불거리던 머리카락과 입가에 잔물결 같은 것
들이
문득 당신을 떠 올리게 하는 그런 날

많은 사람들 사이로 설핏 스쳐 가는 당신을
닮은 옆모습 또는 뒷모습에
멈칫 걸음을 멈추고 뒤돌아보게 되는

당신일 수 없는데 당신의 이미지가 겹쳐
당신을 보듯 바라보게 되는 것
당신이 하던 말들이 문득 떠오르는 어떤 순간들

눈 위에 찍힌 발자국처럼 여기저기 머물게 되는 시간들
당신일 수 없는 당신이 나를 멈추게 할 때
한겨울 내 손을 꼭 잡아 주던 당신의
따뜻한 손, 뜨거운 커피잔을 가만히 움켜쥐게 되는 그
런 날.

겨울 환타지아

흰 눈 소복소복 내린 날 아이 하나 빨갛게 얼었습니다
아이는 공사장 모닥불을 쬐다 사르르 녹아 물이 되었습
니다
눈물 자국 같은 아이 천천히 말라가고 흙바닥엔 젖은 발
자국만 남았습니다
슬며시 불어온 바람, 아이의 발자국을 지우고 갑니다
몸을 감추고서야 날개를 펼친 아이가 날아갑니다
쫓겨날 일도 버림받을 일도 추위에 베이던 아픔도 몸을
쥐어짜던 허기도 기억하지 않습니다.

그늘진 담 옆 한 소녀가 눈사람이 되고 있습니다
아이는 소녀에게로 날아갑니다 소녀가 천천히 녹습니다
얼룩으로 남은 소녀 천천히 물방울로 떠오릅니다
바람이 다가와 소녀와 소년을 띄워줍니다
손잡고 온 세상 여행하라고
반달을 띄우고 무지개다리를 세우고 구름도 데려오고
새들도 불러옵니다
지상에서 서러웠던 두 영혼이
가볍게 날아올라 온 세상 내려다보며 햇살처럼 웃습니
다.

'ㄱ'은 당신을 기억한다

책상 모서리 같은. 턱 괴는 왼팔 같은. 땅을 내려다보는 굽은 허리. 굳어버린 오금. 컴퓨터 모서리의 각. A4의 서슬 푸른 흰. 반쯤 열린 문짝. 어둠 속으로 추락하는 계단. 일 층. 이층. 삼 층 대리석 미끄러짐. 옥상을 향해 질주하는 녹슨 철제 계단. 구부러진 물파스 병과 흐릿해지는 기억의 난간. 점점 멀어지는 시간의 집행자들. 관절 마디마디 휘어지고 꺾이는. 구부정하게 유모차를 밀고 가는. 높이 올라갈수록 백화되어 가는. 초록. 초록. 희미한 안개 속으로

수없이 계단을 오르내리는
당신의 몸은 기호가 되어간다

오르고 내리고
오르고 내리는 동안
당신의 몸에 각인되는 기호

다리에서 허리로
'ㄱ'은
당신을 길들여 간다

꺾어진 파이프에
지팡이로 기둥을 세운다.

소가 간다

버려야 할 기억이 많아
자꾸 되돌아보는 되새김질
늙은 소가 되어 간다

시곗바늘 소리는 커지고
잠은 멀어지는데
씹고 삼키고 되새기며
낮과 밤의 경계가 무너진다

낮도 밤도 모로 누워 허리 접는데
꿈길은 덤불처럼 발목 잡고
여린 것들의 수런거림인지
멀어진 것들의 부름인지

뒤적이다 먹지 못한
비벼지는 생각들이 잡탕이다
내 안의 쓰레기들을
비워야 할 시간

흙냄새 풀냄새 거름 냄새가
소꼬리를 잡는다.

시간에 대한 사유

내가 기억하는 것은 시간의 마디들이다
어느 한때의 순간을 잘라 기억하고 싶은 것들

시간을 지속적으로 기억하지 않는다
멈춰 있는데 우리가 변하고 있는 것이다

늙고, 낡고, 사라지는 것들
시간이라는 공간 속에서
비워지고 채워지고 다시 비워지는 순환

모든 것들이 비워진 그 자리에 있다
겹겹의 층이 쌓이고 덮이고 쌓이기를 반복하며
과거도 현재도 미래도 우리의 무덤 위에 있다

시간은 가는 것도 오는 것도 아니다
당신과 내가 소멸하는 자리
또 다른 당신과 내가 채울 것이다.

작가마을
시인선
061

빨랫줄에 걸터앉아
명상 중입니다

정선영

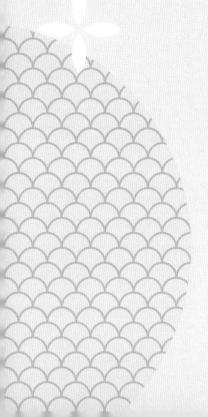

제5부

난해함에 대한

　당신 군이 내 속을 알려고 하지 마시라 내 안에 부글거리는 말들이 당신에게 닿지 못해도 외로워 마시라 세상 모든 것을 이해할 수는 없는 일. 모르는 것은 어깨가 시려 와도 먼발치 바람인 듯 스쳐 가시라

　당신이 내게 오는 길을 내지 않았으므로 칠흑 같은 어둠 혹은 질긴 풀들이 뒤엉킨 길 없는 길 발목 잡고 늘어지는 늪으로 들어가시라. 이해와 오해 사이 흔들리는 스릴을 즐겨보시라

　당신의 이해를 거부하니 당신이 이해 못해도 나는 나대로 꿈꾸는 것 마음 쓰지 마시라 나를 이해 못하는 당신을 이해할 테니 당신도 당신을 이해 못하는 나를 용서하시라.

그늘에 대한 사유 4

당신의 배경이 되기 위해서가 아닙니다
나는 나로 오롯이 존재하기 위해 한발 물러나 가만히 내
려앉았습니다

그늘이 그늘로 살 수 있는 것은
어둠과 빛의 경계에서 모호함으로 위장하기 때문이죠
힘을 빼고 창백을 숨기고 안으로 곰팡이를 키우는 일

낮도 밤도 아닙니다
낮과 밤을 품은 빛나지 않은 중간계

내가 나를 끌고 가는 날
무릎은 욱신거렸고 발가락은 저렸습니다
보이지 않는 것들이 건네는 말을 알아듣지 못해 미안합
니다

그늘이 내려앉는 시간입니다
한 때 찬란했던 기억들이
빛과 어둠에 희석되고 흐릿해진 약속들이 지워져 갑니
다

빛 속에서 환한 당신은 가끔 그늘을 찾겠지만

당신은 그늘에 오래 머물지 않습니다

당신을 빛의 방향으로 밀어냅니다.

그늘에 대한 사유 5

구름이 만든 그늘
나무가 만든 그늘 빌딩이 만든 그늘
처마가 만든 그늘 아래
지하 빛이 들지 않는 그늘

그늘에 앉아 바라보는 꽃들은 당당하기도 하지
온 세상 물들이겠다는 듯
빛 가운데 고개 쳐드는 저 찬란함

그늘이 몸을 늘려
빛의 등 뒤로 숨는다.
빛나는 당신을 뒤따르는
그늘의 은밀한 관종觀悰

조심하세요
당신을 늘 지켜보는 그늘
쓸쓸하게 시들어 사라질 때
당신의 존재도 사라진다는 것을.

물수제비

바글거리는 세상 달뜬 그리움
안개가 살풋살풋 강을 건너면
숙성의 시간이 필요한 저녁이 반달로 뜬다

부드럽고 매끈하게 날아가는 새 한 마리
통통 달음질치는 바람과 물의 비행
자글자글 끓어올라 몸 뒤집는 거품들이 토하는 물방울

마음 한 구석 빙하가 떠오르는 날
너의 태도가 부드러워 마음이 노글노글해진다
쫀득한 구름이 툭툭 물 위를 건너고
칼칼한 바람 알싸하게 코끝에서 끓는다

날아온 새떼들 노래한다
물안개 피어나는 강물 위로
허기진 꽃잎들이 볼 붉히고 흐른다
말랑한 젖 내음 피어오른다

물컹한 생각 휘휘 저으면 바글거리는 이야기
따끈하게 서로를 끌어안고 토닥인다
툭툭 무심하게 한 마디 건네는 당신의 마음
사랑이 투명하게 몸 뒤집는다.

기미

1.

감기가 오기 전 두통은 시작되고 몸은 찌뿌둥 삐걱거린
다.

겨울 해 뜨기 전이 가장 춥고, 가장 짙은 어둠이 하늘
을 덮는다.

어떤 일이 일어나기 전 오는 전조, 균열된 실금 따라
가슴으로 스며든다. 알 수 없는 기운, 불안초조가 심장을
두드리고 호흡은 거칠어진다. 해독하기 어려운 조짐들
끊임없이 몸을 두드리고 마음을 흔들리게 한다. 눈이 흐
려진다. 해독하지 못하는 징후들, 믿음이 와르르 무너지
는 기분과 분명치 않은 것들.

2.

1월 1일이 오기 전, 12월 31일 밤. 두려움과 설렘. 한
달의 마지막과 새달의 첫날이 오기 전. 하루가 시작되는
새벽과 잠드는 시간.

설날이 오기 전, 까치설날 잠들면 눈썹이 셀까 잠 못
들던 날들과

월급날 하루 전. 보너스 나오기 하루 전. 버스 타기 1
분 전. 택시 타기 5분 전. 택배 받기 하루 전. 박스 개봉
하기 1분 전. 편의점 신상 도시락 기다리는 시간. 신작
영화 개봉 기다리는. 인기 작가의 신간 기다리는. 시집

출간 기다리는(독자는 기다리지 않는다) 새 옷 입고 거울 앞으로 가는 시간. 파마를 풀기 전. 염색 후 머리 감고 거울 앞에 서기 전.

3.

봄이 오기 전 겨울이, 여름이 오기 전 봄이, 가을이 오기 전 여름이, 겨울이 오기 전 가을이, 겨울이 오기 전 봄이 않는. 꽃봉오리가 맺히기 전. 꽃봉오리가 터지기 전. 꽃이 지기 전. 온 힘으로 뿜어내는 향기 같은. 당신이 내게 오기 전. 환희로 빛나던 그 눈빛. 이별을 말하기 전 빙벽 같이 굳어버린. 한 생명이 맺히기 전. 꿈과 신성으로 차오르는. 죽음을 준비하는 마음에 검은 실루엣으로 다가오는 마지막 긴 호흡. 평화가 오기 전, 함성은 높아지고. 고요가 오기 전 소란이. 해가 지고 해가 간다.

배회徘徊

얼떨결에 눈이 마주 쳤습니다
생각한 것도, 의도했던 것도 아닙니다
주변 공기가 일그러져 눈이 흐려졌고
바람을 비비다가 나뭇잎을 털다가
덜컥 가지에 걸리고 말았습니다

누가 알았나요
허공과 공허가 부딪혀 초록 불꽃을 일으킬 줄
몸이 굳어버렸어요
벌어진 입이 닫히지 않네요

날개도 없는 마음이 그렇게 쉽게
날아가 꽂힐 줄 낸들 어찌 알았겠습니까
시위를 당기기도 전에
과녁이 다가왔는지도 모르지요
눈앞에 아련한 푸름이 번져 다른 것이 보이지 않았을 뿐
입니다

괜히 서성거리다가 허공을 바라본 것이 문제였습니다
온통 연두가 빗방울처럼 쏟아졌어요
아~저 아련함을 어찌할 수 있었겠습니까

꽃망울이 맺히고 말았어요

봄이었어요.

작가마을
시 인 선
061

빨랫줄에 걸터앉아
명상 중입니다

정선영

고요, 그 '오래 묵은 중심'에
이르는 치열한 여정

박진희
(문학평론가)

고요, 그 '오래 묵은 중심'에 이르는
치열한 여정

박진희
(문학평론가)

『빨랫줄에 걸터앉아 명상 중입니다』는 정선영 시인의 일곱 번째 시집이다. 정선영 시인은 2001년 《한맥문학》으로 등단했다. 첫 시집 『우울한 날에는 꽃을 산다』는 등단 전인 1999년에 발간했고 이후 2004년 『홀로그램』, 2009년 『디오니소스를 만나다』, 2012년 『달의 다이어트』에 이어 2021년 『슬픔이 고단하다』, 2022년 『책상 위의 환상』 등을 펴낸 바 있다. 2021년부터는 매년 시집을 내고 있는 셈인데 시력詩歷이 쌓일수록 더욱 치열한 열정을 불태우고 있음을 보여주는 단적인 예라 할 수 있겠다. 그것은 창작량에만 해당되는 것이 아니다. 그의 시를 꼼꼼하게 읽어보면 정서와 사유의 심화를 위한 고투와 존재 의미에 대한 진지한 탐색을 생생하게 느낄 수 있기 때문이다.

그렇다면 시인은 왜 이토록 가열하게 시를 써야만 하는 것일까. 시인으로 하여금 시를 쓰도록 추동하는 동력은 무엇일까. 그것은 두 가지 측면에서 살펴볼 수 있는데 하나는 불안, 불면, 상처, 슬픔 등 불화적 심리나 정서이고 다른 하나는 존재와 세계에 대한 지적 호기심이다. 이 둘은 다른 층위이면서 시인에겐 내면에 차오르는 것, 가득 차기 전에 비워내야하는 것이라는 점에서 동일한 의미역에 자리한다. 이 비워내는 작업이 시인에게는 시 쓰기였던 것이다. 이번 시집에서는 내면에 차오르는 감정과 사유를 들여다보고 그것을 비워냄으로써 마침내 고요에 이르는 여정이 오롯이 드러나 있다. 그 여정에서 눈여겨보아야 할 점은 감정을 절제하는 형식적 의장과 불화에 응전하는 시적 주체의 태도이다.

1.
청바지 찢어진 곳을
손톱으로 긁다가 생각한다
몸에 난 상처를 보면 왜 자꾸 긁고 싶어지지

어둑한 몸 앙칼진 핏빛 가시
상처를 긁어 꾸덕꾸덕한 딱지를 떼면
미처 아물지 못한 붉은 구멍에서
찐득하고 잔인한 치욕이 끓어오르는데

한 번도 베인 적 없는 무결無缺을
상처 없는 삶을 꿈꾸는 것은 죄일까
상처는 자꾸 눈길을 끌어당긴다

〉

찢어진 청바지 구멍에 손가락을 밀어 넣고

상처를 더 크게 벌린다

확 찢어져 버릴까

칼로 도려내고 싶은 한 시절이었다.

　　　　　　　　　　　　　　　　　－「도려내고 싶다」

　정선영 시인의 정서나 사유는 구체적 일상의 한 단면에
서 시작한다는 특징이 있다. 위 시의 상처에 대한 사유도
"청바지 찢어진 곳"을 발견하고 그것을 "손톱으로 긁"는
지극히 사소한 일상에서 시작된다. 청바지의 흠집을 긁는
'무의식적 행위'는 "몸에 난 상처를 보면 왜 자꾸 긁고 싶
어지"는 지에 대한 '생각', 즉 '의식'으로 전이된다.

　그런데 시적 주체의 "상처를 긁어 꾸덕꾸덕한 딱지를
떼"어 내는 행위에는 이중적 목적이 함의되어 있다. 하나
는 그것이 "어둑한 몸 앙칼진 핏빛 가시"로 몸에 박혀 있
는 까닭에 빼내야 하기 때문이다. 다른 하나는 "한 번도 베
인 적 없는 무결無缺", "상처 없는 삶"에 대한 욕망 때문으
로, 상처의 흔적인 '딱지'를 떼어 없애고자 하는 것이다.
그러나 딱지를 제거한다는 것은 곧 또 다른 상처를 만드는
것이므로 두 가지 목적은 애초에 이루어질 수 없는 것이었
음이 드러난다. "상처는 자꾸 눈길을 끌어당기"고 눈길이
닿으면 딱지를 떼어내게 되고 떼어낸 자리에 또 다른 상처
가 딱지를 만들어내는, 상처의 아이러니가 반복되는 까닭

이다.

'딱지를 떼어낸다는 것'은 "찢어진 청바지 구멍에 손가락을 밀어 넣고 / 상처를 더 크게 벌"리는 행위와 등가를 이루는데, 이는 곧 상처를 헤집는다는 의미와 다른 것이 아니다. 고조된 파괴적 욕망은 결국 "확 찢어져 버릴까"라는 절정에 이르게 된다. 이는 시적 주체의 상처가 "찐득하고 잔인한 치욕"과 관련되는 것에서 비롯되는데 시적 주체가 그것을 치유하기보다 "칼로 도려내"어 "한 번도 베인 적 없는 무결"을 욕망한다는 점에서, 그리고 그것이 죄일까를 묻는 대목에서 서정의 결절이랄까 파격을 드러낸 것으로 이해된다.

시인은 이렇게 상처를 서사화하여 공감을 끌어내거나 그것의 극복이나 치유를 암시하여 화해의 방향으로 나아가지 않는다. 대신 상처를 인식의 대상으로 놓거나 이미 지화하여 불화의 극단으로 치달아간다. 마치 딱지를 뜯어낸 자리에서 생피를 보듯 "찐득하고 잔인한" 감각을 생생하게 느끼게 만든다. "한 번도 베인 적 없는 무결"이나 "상처 없는 삶"이 어디 있겠는가. 시인도 모를 리 없건만 그럼에도 이를 욕망한다는 것은 그만큼 상처가 깊다는 의미일 것이다. 시인의 시에서 이러한 상처는 오랜 불안과도 긴밀하게 연결되어 있다.

> 어둠은 칠흑 같은 입을 벌리고
> 나를 씹어 먹을 듯 검은 목젖을 날름거렸지
> 불은 켜지지 않고

아직 당신은 돌아오지 않고

가면을 쓰고 망토를 휘날리는 바람
창문을 끝없이 흔들어 대고
당신은 오지 않는데
방구석에 몰려
베개를 꼭 끌어안고 나는 울고 있는데

밖엔 눈이 내리고
연탄은 하얗게 질려 있고
시간은 천년같이 늘어지고
바람은 여전히 문고리를 잡아당기고

세월은 오십이 년이나 흘렀고
시절의 어둠은 이미 사라졌고
당신은 영영 돌아오지 않고.

－「불안」

　위 시의 시적 소재인 '불안'의 정서 역시 감정은 절제된
채 이미지로 형상화되는 양상을 보이고 있다. 이 시는 "칼
로 도려내고 싶은 한 시절", "그 시절의 어둠은 이미 사라"
진 때를 배경으로 하고 있다. 그렇다고 그 시절이 없는 것
이 되는 것은 아니다. 그것은 흔적을 남기는데 그 가운데
하나가 불안의 정서일 것이다. 이 시에서 '불안'을 형성하
는 상황은 여러 가지이다. "나를 씹어 먹을 듯 검은 목젖

을 날름거"리는 '어둠', "가면을 쓰고 망토를 휘날리는 바람", "창문을 끝없이 흔들어 대"는 '바람', 하염없이 내리는 '눈'과 꺼진 지 오래된 '연탄' 등이 그것이다. 그러나 이모든 상황이 두려움으로 감각되는 것은 결국 '당신'의 부재 때문이다.

'당신'이 오지 않는 시간은 "천년같이 늘어"질 뿐이다. "바람은 여전히 문고리를 잡아"당기는데 그사이 "세월은 오십이 년이나 흘렀"다. 영원처럼 느껴지던 두려움의 시간이 어느 순간 오십이 년이나 흘러있다니, 흐르는 시간의 감각에 대한 탁월한 표현이라 할 만하다. 시간이 얼마나 흘렀든 중요한 것은 '당신'의 존재 여부이다. 불안의 근본 원인이 당신의 부재에서 비롯되는 것이었기 때문이다. 이 시의 말미에서 "시절의 어둠은 이미 사라졌"지만 "당신은 영영 돌아오지 않"게 되었음이 드러나고 있다. 여기에는 '불안'의 정서 또한 영영 사라지지 않을 것임이 함의되어 있는 것이다.

이처럼 시인의 불안과 상처는 "그 시절의 어둠" 곧 과거에 한정되지 않는다. 그의 시에는 어디에도 뿌리내리지 못하는 헛헛함(「개구리밥」, 「생각의 껍질」)이나 "불면의 날들"(「불면의 날들」, 「징후」)이 자주 드러나고 있는 까닭이다. 타자와의 소통과 이해에 관한 문제도 그중 하나인데 시인은 「소화되지 않은 말」에서 "목구멍으로 넘어가지 못하고 / 머뭇거리며 걸려 있는", "당신의 눈빛과 말들"에 대해 묘파한 바 있다. 이는 비단 어느 한 개인의 문제만은 아닐 것이다. 그러한 사회적 현실을 그리고 있는 시가 「지하철에서」이다.

유려한 문장으로 치장한 얼굴들
메타의 세계 속으로 침몰 하고 있다
가상의 연인들 주문하는 것은
영혼 없는 공허한 동공

눈 코 입술을 다 주고 복제한다
몸매는 매력적인 핏으로 조각한다
상상을 넘어선 옷으로 코디해 준다

믿을 것은 가상의 피라미드
쌓고 쌓다 보면 언젠가 닿을 수 있을 거야
무너지는 현실은 만족할 수 없는 별
메타 별에 화려한 성을 지을 거야

우리는 서로 바라보지 않기로 하지
그래야 살아낼 수 있으므로
상처받지 않을 수 있으므로
메타의 세계로 달려가는 거지

불안을 숨긴 채
꿈속의 꿈을 펼쳐 현실이라고 믿어야 해
숨 쉴 수 없는 여기는 지구별을 달리는
하데스 행 은하철도.

–「지하철에서」

근대 이후 인간은 자연이라는 유기적 통합의 세계에서 분리되어 나왔다. 자본주의의 심화와 과학 기술의 발전은 인간 존재의 파편화를 더 가속화 해 온 것이다. 인간은 오직 공동체 안에서만 가치 있는 삶을 영위할 수 있다는 아리스토텔레스의 믿음이 무색하게 인간은 점점 원자화의 길을 가게 된 것이다. 키오스크나 애플리케이션으로 주문하는 것은 일상화되었고 사람 대신 로봇이 서빙 하는 것도 더 이상 낯설지 않은 현실이 되었다. '폰포비아', '콜포비아'라는 말에서 간취할 수 있듯 인간 사이의 대면이나 소통은 이제 기피 정도가 아니라 공포의 대상이 될 지경에 이른 것이다.

타자의 진솔한 모습은 알 필요도 없고 알고 싶지도 않을 뿐더러 나의 그것을 보여주기는 더더욱 싫고 어려운 것이 현대인이 처한 현실일 터다. 결국 "믿을 것은 가상"뿐인 세계, "유려한 문장으로 치장한 얼굴들"이 "메타의 세계 속으로 침몰하"는 현실을 맞이하게 된 셈이다. 이러한 세계에서 존재들은 "서로 바라보지 않기로" 한다. 그래야 '살아낼 수 있고 상처받지 않을 수 있'기 때문이다. "불안을 숨긴 채" 가상을 "현실이라고 믿어야" 하는 세상이 된 것이다. 서정적 자아는 이러한 현실을 '지하철'에 빗대어 "하데스 행 은하철도" 즉 지옥행 철도로 표상하고 있다. 시인은 "숨 쉴 수 없는 여기", "하데스 행 은하철도"와 같은 '여기'를 "시에, 시가 있어 / 살아"내고 있는 것이다(「미리 보다」).

밑으로부터 천천히 끌어 올린다. 아픈 기억들 하나둘 펴

올려 슬픔으로 가득 차오르면 울음을 토해낸다. (솟구치
는 것들) 바닥에서 몽글몽글 거품이 인다. 소나기 한바탕
쏟아지면 마른 가슴 촉촉 젖어 잠든 눈을 깨울 것이다. 뾰
족한 물음을 꺾어 꽃 한 송이 피우면 푸른 향기의 파장이
펼쳐진다. 오로라가 편다.

―「끓는다」

　이 시는 슬픔이라는 정서의 발생과 해소를 '끓어 넘치는'
현상으로 이미지화하고 있는 작품이다. 시인은 「커피포트」
라는 시에서도 아픔과 상처를 '끓는' 현상으로 형상화한 바
있는데, "안으로부터 끓어오르는 화 / 드러내지 않을 만큼
만 / 자로 대고 그을 수 없는 / 삶"임을 토로하고 "아픔과
상처가 뜨겁게 끓는다"라고 표현하고 있다. 시인에게 '아
픔과 상처'는 이미 지나버린 과거의 사건이 아니라 여전히
내면에서 뜨겁게 끓어오르는 무엇이다.
　위 시의 제목 또한 '끓는다'인데, 눈길을 끄는 것은 여기
에 시적 주체의 의지가 개입된다는 사실이다. "밑으로부
터 천천히 끌어 올"리고 "아픈 기억들 하나둘 퍼 올"리는
행위가 그것이다. 그러면 내면은 "슬픔으로 가득 차오르"
게 되고 그것은 '울음'으로 '토해내게' 된다. "솟구치는 것
들", '바닥에서 몽글몽글 이는 거품'은 '아픈 기억들'과 '슬
픔'의 이미지인 것이다. "소나기 한바탕 쏟아지"듯 울음으
로 토해내고 나면 "마른 가슴 촉촉 젖어 잠든 눈을 깨"우
게 될 것이다.
　중요한 것은 '슬픔'이라는 정서가 그것에 매몰되는 것으

로 종결되지 않고 '잠든 눈을 깨우는' 매개로 작용한다는 것이다. 이는 슬픔이 인식 내지 의식의 차원으로 전이된다는 의미이다. "뾰족한 물음"이라는 시어가 이를 방증한다. '몽글몽글한 슬픔'이 어느새 '뾰족한 물음'으로 전이된 것이다. 시적 주체는 그것을 '한 송이 꽃'으로 피운다. 그러면 그것은 "푸른 향기의 파장"으로 펼쳐지고 '오로라'로 피어나기도 한다.

2.

시인의 내면에는 개인적인 것이든 사회적인 것이든 아픔과 상처가 '끓고' 있다. 시인은 그것을 직시하고 부단히 인식의 차원으로 끌어 올리는 작업을 하고 있다. 이는 시인의 시에서 그것들이 감정적 차원에서 해소되지 않고 이미지즘적 방식으로 형상화되는 양상으로 드러난다. 시인은 가득 차오르는 아픔, 상처, 불안 등을 시를 통해 비워내고 있는 것이다. 시인이 비워내고 있는 것은 아픔과 상처만이 아니다. 의식 속에 가득 차오르는 생각, 무한으로 뻗어 나가는 사유 또한 그 대상이 되고 있다.

> 흙으로 빚은 나무로 깎은 사기로 만든 유리에 바람 넣은
> 양은으로 만든 스텐으로 만든 놋쇠로 만든 불에 구운
> 뿔로 만든 플라스틱으로 찍은
>
> 한 번 쓰고 버려지는

생채기가 나면 유행이 지나면

납작한 오목한 길쭉한 둥근 네모난

더는 것 담는 것 뜨는 것

깨진 것 금간 것 쭈그러진 것

물 새는 이 빠진 소리 없는 소리 지르는

썩지 않는 불타지 않는 녹지 않는

박살 나는 던져도 깨지지 않는

흙으로 돌아가는

종자기 대접 양푼 접시 수반 도자기 화병 술잔 막사발

재질 모양 색 빛 이름 말 생각

오물 조물

당신은 어떤 그릇을 빚는 중입니까?

－「그릇」

　시적 자아의 의식은 '그릇'에 닿아있다. 그러나 그것은 어떤 상징이나 형상화를 통해 의미를 구축하는 방식으로 전개되지 않고 있으며, 또한 문장으로 종결되지도 않는다. 그야말로 의식의 흐름대로 기술하는 듯 기표의 연쇄로 이어지고 있는 것이다. 그렇다고 해체나 의미의 산종으로 나아가고 있는 것도 아니다. 첫 연은 그릇의 재질에 대해, 둘째 연은 속성이나 모양, 상태 등에 관해 기술하는 등 나름의 구성을 갖추고 있기 때문이다.

　주목을 요하는 것은 3연이다. 첫 행에서는 그릇의 종류

내지 '이름'을 나열하고 있고 둘째 행에서는 "재질 모양 색 빛 이름" 등 그릇을 이루는 속성이 제시되고 있는데, 이는 앞 연에서 구체적으로 제시한 것들을 포함하는 상위 차원의 구분이기도 하다. 그리고 그것을 표현하는 수단인 '말', 그 '말'의 연원이라 할 수 있는 '생각'이 차례대로 나오고 있다. 즉 세밀한 것에서 전체로, 실체에서 관념으로, 현상에서 근원으로 나아 가고 있는 것이다.

　이것이 시인 자신이기도 한 시적 주체의 사유의 방식일 것이다. 시인은 존재의 근원에 관심이 많다. 어떤 일상적인 사물이나 현상에서 '생각'이 시작되면 꼬리에 꼬리를 물고 근원을 향해 파고든다. 결국 위 시는 시인의 사유의 방식이랄까 의식의 흐름을 그대로 현상하여 놓은 듯 그리고 있는 셈이다. 이를 의식의 이미지화라 할 수 있을 것이다. 그러므로 마지막 연의 "당신은 어떤 그릇을 빚는 중입니까?"라는 질문은 '당신은 어떤 생각을 하는 중입니까, 그 것의 근원은 무엇입니까'라는 의미에 다름 아닌 것이다.

　　초록 물방울들이 모여 결계結界 친다

　　지느러미와 부레가 사라진 것이
　　퇴화일 수도 있다는 생각에 물속으로 잠기는 꿈을 꾼다
　　하루 2리터의 물을 마셔도 지느러미는 돋지 않았고
　　몸에서 마른 비늘이 진눈깨비처럼 흩날렸다

　　퇴화된 비늘과 지느러미, 부레를 그린다

빽빽한 동공에 살균된 액체를 떨어뜨리며 생각했다

바다에 이르러 발가락이 소금물에 닿으면,
두 팔을 활짝 펼치면 돛이 될 수 있을까
심장에 바람을 가득 채우면 둥둥 떠오를 수 있을까

나의 전생이 물고기였을지도
눈먼 생물이었을지도 모른다
너무 투명해서 물인지 생명체인지 구별되지 않는
눈동자조차 투명해 분별 되지 않는
오직 감각만으로 움직이고 나아가는
물이 내가 되고 내가 물이 되는

사람의 몸 70%가 물이라는데
나는 물에서 태어난 것이 맞을 것이다
저 초록의 결계를 풀기 위해
온 몸을 던져 뛰어들면
막막한 도시를 떠나 인어가 될 수 있을까.

-「무엇이었을까」

　인류의 아주 먼 조상이 원시 어류라는 사실 때문일까.
위 시를 포함한 시인의 시에서 근원은 주로 물로 표상된
다. 재미있는 것은 시적 주체가 "지느러미와 부레가 사라
진 것"을 진화가 아니라 '퇴화'로 인식하고 있다는 점이다.
현대 사회의 흐름을 "하데스 행 은하철도"에 비유하고 있

었던 사실을 상기하면 당연한 귀결일 수도 있겠다.

인용한 시에서도 시적 주체의 의식은 어김없이 근원을 향해 육박해 들어간다. "나의 전생이 물고기였을지도 / 눈 먼 생물이었을지도 모른다"는 것에서 시작해 "너무 투명해서 물인지 생명체인지 구별되지 않는", 즉 육체를 탈각 한 채 "오직 감각만으로 움직이고 나아가는" 단계로 진입하고 궁극에는 "물이 내가 되고 내가 물이 되는" 단계에까지 이르게 되는 과정이 그것이다. 시적 주체에게는 이 근원으로 가는 단계가 진화의 과정으로 인식되고 있는 것이다.

그러나 "초록 물방울들이 모여 결계 친다"라는 시구에서 보듯 전일적 세계로서의 자연, 근원으로서의 '물'의 세계에 인간이 들어가는 것은 불가능해 보인다. 기왕의 과학자, 철학자들은 인간 존재나 사회의 '진보'를 그 이유로 들고 있지만, 시인은 정반대로 '퇴화'를 그 원인으로 인식하고 있다는 점에서 참신하고 이채로운 경우라 할 수 있다. "저 초록의 결계를 풀기 위해 / 온 몸을 던져 뛰어들면 / 막막한 도시를 떠나 인어가 될 수 있을까."라는 질문에서 우리는 그럴 수 없을 것이라는 불가능성을 떠올리게 된다. 그러나 시인이라면 그 불가능성을 안고 끝까지 "온몸을 던져 뛰어드"는 모험을 할지도 모른다. 그 구체적 실천의 방법은 아마도 '시를 쓰는 것'이 아닐까.

3.
시인에게 '생각', 곧 이성은 '신의 선물이자 벌'이다. 신은 인간에게 사유의 능력을 주면서 "물음을 던지되 답은 구하지 말라"고 했기 때문이다. 생각을 해도 답은 구할 수 없고 그렇다고 생각을 멈출 수도 없다. "생각을 멈추는 순간 무로 돌아가"거나 "깊이를 알 수 없는 심연으로 가라앉"기 때문이다. 인간은 이성적 존재이나 이성을 너무 신뢰해서는 안 된다는 의미일까. 시인은 "그 심연을 뛰어넘기 위해 시를 쓰겠다"고 한다.(「그래서 뭐 어쩌라고」)

시인의 시 쓰기는 '생각하기'인 동시에 '생각 멈추기'이다. 시를 통해 끝없는 사유를 펼쳐나가고 있거니와 '생각 멈추기'에서 비롯되는 '무'와 '심연' 역시 시 쓰기를 통해 건너가고 있기 때문이다. 시인은 생각이 뻗어나가는 것을, 혹은 생각을 멈추고 무로 돌아가는 자아를 들여다보고 알아차린다. 그리고 그것을 이미지로 내어놓는 것이다. 이러한 맥락에서 시인의 시 쓰기는 명상의 과정과 등가의 관계에 놓인다. 시인의 말로 하면 "멍 때리기"이다.

빨랫줄에 걸터앉아 명상 중입니다
팽팽한 팔다리 힘 빼고
목에서 떼어낸 머리에 바람 넣는 중이고요

멋대로 날뛰는 생각
사막에 풀어놓고
몽글몽글 구름 의자에 앉아 내려다봐요

머릿속이 하얘지고

내가 누군지 잊어요

문득 하늘 보니 너무 맑아 아찔해요

마음이 마음을 떠나요

뼈 없는 몸이 흘러가요.

— 「멍 때리다」

"멍 때리다"는 '아무 생각 없이 멍하게 있다'라는 뜻으로 '생각 멈춤', '무', '심연'의 상태라 할 수 있을 것이다. "멋 대로 날뛰는 생각 / 사막에 풀어놓"은 것은 '생각하는' 주체의 또 다른 은유이다. "멋대로 날뛰는 생각"은 "물음을 던지되 답을 구하지" 않는 태도, 무한히 뻗어나가면서 굳이 의미를 구축하지 않는, 시인의 시에 드러나고 있는 사유의 양태를 환기하게 한다. 시적 주체는 이를 다만 '내려 다보고' 있을 뿐이다. 반면, "머릿속이 하얘지고 / 내가 누군지 잊"은 것은 '생각을 멈춘' 자아의 상태이다. '무'이자 '심연' 속에 가라앉은 자아인 것이다. 종국에는 '마음'마저 떠나고 '몸'도 의식에서 사라지는 경지에 이르게 된다.

한편 "빨랫줄에 걸터앉아 명상 중입니다"라는 시구는 시집의 표제라는 점에서 눈길을 끈다. 시인이 이 시구를 제목으로 정한 까닭을 알지 못하나 이것이 시집의 성격을 잘 드러내 보여준다는 것만은 분명한 사실이다. 빨랫줄에 걸터앉아 있는 것은 매우 불안정한 느낌을 준다. 시인의 시가 그러하다. 서정적 동일성을 추구하는 일반적인 서정시

와는 달리 시인은 굳이 합일을 시도하지 않는다. 그것이 주는 낯섦이랄까 날카로움이 아슬아슬한 긴장을 담보한다. 이는 섣불리 의지를 개입하지 않고 올라오는 감정이나 생각을 그대로 바라보는, 혹은 알아차리는 주체의 태도나 이미지즘이라는 시적 의장과도 긴밀하게 연결되는 부분들이다. 이것이 바로 명상의 과정이 아니고 무엇이겠는가.

시인이 그토록 치열하게 시를 쓰는 이유가 이제 분명해진다. 시인에게 시 쓰기는 자아의 감정을, 생각을 있는 그대로 보고 비우는 명상의 과정이자 새로운 감성과 사유를 채우는 창조의 작업이기 때문이다. "멋대로 날뛰는 생각" 위에 "오래 묵은 중심으로 / 고요가 앉아 있"는(「나무 시인」) 형상, 이것이 이번 시집에서 보여준 정선영 시인의 시의 경지가 아닌가 한다.

작가마을 시인선

작가마을 시인선